Para Cameron – L.J.
Para Peter John – J.C.

Edición original publicada en 1997 con el título:
Penny and Pup
por Magi Publications
Texto: © Linda Jennings
Ilustraciones: © Jane Chapman
© De la traducción castellana:
Editorial Zendrera Zariquiev, Barcelona, 1999
Cardenal Vives i Tutó, 59 - 08034 Barcelona Tel.: (93) 280 61 82
Traducción: Paula Ungar
Primera edición: octubre 1999
ISBN: 84-8418-027-1
Depósito Legal: B.38.541-99
Producción: Addenda, s.c.c.l., Pau Claris 92, 08010 Barcelona
Impresión: La Estampa, c/ Bécquer s/n, nave 13
08930 St. Adrià del Besós. Barcelona

DUNA Y DAN

por Linda Jennings

ilustrado por Jane Chapman

editorial
Zendrera Zariquiey

Durante la primera noche en su nuevo hogar, Duna lloriqueó, aulló y arañó la puerta. Así que su família le regaló a Dan para que fuera su amigo.

Dan era mullido y blando y vivía en la canasta de Duna. Ella lo mordisqueaba, lo mimaba y lo quería muchísimo.

Un día, Duna y Dan salieron al jardín. El gato
Enrique estaba sentado en el patio,
«Hola, Duna», dijo Enrique. «¿Adónde vas?»
«De paseo», dijo Duna. «Sólo Dan y yo.»
«¿Puedo ir yo también?», preguntó Enrique.
«Dan sólo me quiere a *mí* como su amiga», dijo.
«Lo siento.»

Y recogiendo a Dan,
se fue trotando por el
camino.

Junto a la puerta trasera, Beatriz la coneja estaba
sentada en su conejera. «¡Duna!», le gritó, «¡ven,
que hablaremos! Es muy aburrido estar siempre
sola aquí dentro.»

«Dan no quiere detenerse a conversar. Nos vamos
de paseo, sólo Dan y yo», dijo Duna. «Lo siento.»

Y siguió su camino, arrastrando tras de sí las largas patas de Dan.

En el borde del prado estaba Mateo, el pequeño zorro.

«¡Ven a jugar conmigo!», ladró.

«A Dan no le gusta jugar con zorros», dijo Duna. «Nos vamos de paseo sólo Dan y yo. Lo siento.»

Duna le dio la espalda a Mateo
y siguió caminando con Dan a
través del prado, hacia el cobertizo.

«Iremos a explorar. Dan y yo», dijo Duna,
y empujando a Dan con su hocico, pudo
meter también su cabeza bajo el cobertizo.

Bajo el cobertizo había un gran espacio.
Duna dejó a Dan en el suelo con
cuidado y olfateó.
Allí abajo el olor era emocionante, olía
a ratones y a huesos viejos.

Duna trató de seguir a Dan, pero ella era demasiado grande. Se retorcía y se apretujaba, y se apretujaba y se retorcía, pero no podía pasar.

«¡Dan, Dan!», gritaba; pero, por supuesto, Dan no decía nada. Duna trató de sacar a Dan de nuevo, pero no lo alcanzaba. Ni siquiera podía *verlo*.

Duna se sentó y lloró.
¿Qué haría sin Dan?
¿Y qué haría Dan sin *ella*?

Mateo, el pequeño zorro la oyó y vino
trotando por el prado.
«Yo te ayudaré», dijo. Pero aunque Mateo
empujó y se apretujó, y se apretujó y
empujó, tampoco pudo llegar hasta Dan.

Enrique, el gato, estaba sentado en la
cerca y vio a Mateo tratando de rescatar
a Dan. «Yo *sí* te ayudaré», dijo. Pero
Enrique era un gato gordo y ni siquiera
pudo meter su cabeza bajo el cobertizo.

Por allí pasó Beatriz la coneja.
Estaba feliz porque había logrado
escapar de su conejera.
«Yo *sí* te ayudaré», dijo. Y como Beatriz
era una coneja chiquita logró
arrastrarse y apretujarse, y apretujarse
y arrastrarse bajo el cobertizo.
¡Pero Dan ya no estaba allí!

Mateo, Enrique y Beatriz, todos,
ayudaron a Duna a buscar a Dan.
Buscaron tras el cobertizo.
Miraron entre las flores.
Incluso miraron en el estanque, por si
Dan se había caído dentro.
Pero Dan no aparecía por ninguna parte.
Y entonces, de repente...

... ¡allí estaba!
Dan estaba tendido en el seto, adonde lo había
llevado una familia de ratones. Los ratones estaban
acurrucados sobre sus patas largas y blandas,
profundamente dormidos.

Duna miró a Dan y miró a los ratones.
Daba pena molestarlos.
«¡Mejor ven a jugar con nosotros!», maulló Enrique.
¡Sí, ven!», gritaron Mateo y Beatriz al mismo tiempo.
«A ti no te importa, ¿verdad, Dan?», preguntó Duna;
pero Dan no dijo nada.

«Está bien, jugaré con vosotros», dijo Duna, y jugó
a las carreras y al escondite, y al escondite y a las
carreras, por todo el prado con sus nuevos amigos.
Duna se lo pasaba tan bien que se olvidó de Dan.

A la hora de la merienda, Duna se acordó de que el pobre Dan estaba tendido en el seto y regresó a recogerlo.

Los ratoncitos seguían durmiendo, pero
mamá ratona estaba despierta.
«¿Podrías dejarnos a Dan?», le preguntó
a Duna. «Es una cuna tan cómoda
para mis bebés.»
Dan parecía muy feliz con los ratoncitos
en sus brazos.

«Ellos necesitan a Dan más que yo», pensó
Duna. «Ahora tengo a mis propios amigos
de verdad»
«Sí, puedes quedarte con Dan», dijo
Duna a mamá ratona.
«Creo que yo ya no lo necesito.»